AF311629

COLLECTION

ÉMILE GAILLARD

pesse
109, 110   gdao
101, 102   grua
89, 90 ?
105 - 108   ursa

COLLECTION

ÉMILE GAILLARD

CONDITIONS DE LA VENTE

Elle sera faite au comptant.

Les acquéreurs paieront *dix pour cent* en sus des prix d'adjudication.

L'exposition mettant le public à même de se rendre compte de l'état des objets, il ne sera admis aucune réclamation une fois l'adjudication prononcée.

Paris. — Imp. Georges Petit, 12, rue Godot-de-Mauroi. — 14305-04.

CATALOGUE

DES

OBJETS D'ART

ET DE

Haute Curiosité

DE LA RENAISSANCE

TAPISSERIES

TABLEAUX ANCIENS

COMPOSANT LA

Collection Émile Gaillard

Et dont la Vente aura lieu à Paris

EN SON HOTEL, 1, PLACE MALESHERBES

Les Mercredi 8, Jeudi 9, Vendredi 10, Samedi 11
Lundi 13, Mardi 14, Mercredi 15 et Jeudi 16 Juin 1904

A DEUX HEURES

COMMISSAIRE-PRISEUR :

Mᵉ PAUL CHEVALLIER, 10, rue Grange-Batelière

EXPERTS :

Pour les Objets d'art :	*Pour les Tableaux :*
MM. MANNHEIM	**M. JULES FÉRAL**
Rue Saint-Georges, 7	Faubourg-Montmartre, 54

EXPOSITIONS :

PARTICULIÈRES, les Samedi 4, Dimanche 5 et Lundi 6 Juin 1904, de 1 h. 1/2 à 5 h. 1/2
PUBLIQUE, le Mardi 7 Juin 1904, de 1 h. 1/2 à 5 h. 1/2

ORDRE DES VACATIONS

Le Mercredi 8 Juin 1904

Le Jeudi 9 Juin 1904

Le Vendredi 10 Juin 1904

*Excepté les numéros compris dans la vacation
du Jeudi 16 Juin 1904*

Le Samedi 11 Juin 1904

Le Lundi 13 Juin 1904

*Excepté les numéros compris dans la vacation
du Jeudi 16 Juin 1904.*

Le Mardi 14 Juin 1904

Le Mercredi 15 Juin 1904

Les objets compris dans la vacation du [illegible] [illegible] ne seront pas mis en vente

Le Jeudi 16 Juin 1904

Boiseries	120 à 127
Id.	129 à 150
	331, 332 bis
	339, 340
	342 bis, 345, 350
	352 bis, 353
	356 bis, 358 bis
	359 bis, 365 bis
Sculptures en pierre et en marbre. . .	366 bis, 368, 369
	373 bis, 374 bis, 376 bis
	378, 379, 380 bis
	381 bis, 383
	383 bis, 386-387, 388 bis
	389 bis, 390
	391 bis, 395
Cuivres, Fers, Étains.	876
Id.	881 à 883
Id.	898
Divers.	932-933
Objets non catalogués.	

En raison de leur caractère d'immeubles par destination, les objets, compris dans la vacation du Jeudi 16 Juin 1904, pourront ne pas être mis en vente, soit en totalité, soit en partie.

La vente des Tableaux modernes aura lieu Galerie Georges Petit, 8, rue de Sèze, le Mardi 7 Juin 1904, avec expositions : particulière, le Dimanche 5 Juin; publique, le Lundi 6 Juin, par le ministère de Me P. CHEVALLIER, commissaire-priseur, 10, rue Grange-Batelière, assisté de M. GEORGES PETIT, expert, 12, rue Godot-de-Mauroi, chez lesquels se distribuera le Catalogue spécial à cette vente.

Désignation des Objets

MEUBLES

1 — Stalle à deux places. Art français, fin du
XIVe siècle.

Haut. 1,07. Larg. 1,40.

2 — Stalle. Art piémontais, fin du XVe siècle.

Haut. 1,90. Larg. 1,03. Prof. 0,81.

3 — Stalle à deux places. Art français, XVe
siècle.

Haut. 1,07. Long. 1,45.

4 — Stalle à deux places. Art français, XVe
siècle.

Haut. 1,07. Larg. 1,48.

5 — Chaire à haut dossier. Art français, fin du
XVe siècle.

Haut. 1,68. Larg. 0,64.

6 — Chaire à haut dossier. Art français, fin du
XVe siècle.

Haut. 2,20. Larg. 0,80.

7 — Chaire à haut dossier. Art français, fin du
XVe siècle.

Haut. 2,30. Larg. 0,70.

8 — Chaire à haut dossier. Art français, xv^e
siècle.

Larg. 1,32. Larg. 0,82.

9 — Chaire à haut dossier. Art français, fin
du xve siècle.

Haut. 3,05. Larg. 0,80.

10 — Chaire à haut dossier. Art français, xv^e
siècle.

Haut. 2,15. Larg. 0,80.

11 — Chaise tournante. Art piémontais, fin du
xve siècle.

Haut. 1,37. Larg. 0,61.

12 — Grand Coffre. Art français, fin du xv^e
siècle.

Haut. 0,87. Larg. 1,93.

13 — Grand Coffre. Art français, fin du xv^e
siècle.

Serrure moderne en fer forgé.

Haut. 0,88. Long. 1,93.

14 — Coffre. Art français, fin du xve siècle.

Haut. 0,74. Long. 1,60.

15 — Grand Coffre. Art flamand, fin du xv^e
ou commencement du xvie siècle.

Haut. 0,88. Long. 1,75.

16 — Coffre. Art français, fin du xve siècle.

Haut. 1,02. Larg. 1,18. Prof. 0,58.

17 — Coffre. Art français, fin du xve siècle.

Haut. 0,74. Long. 1,94.

18 — Coffre. Art piémontais, fin du xve siècle.
Haut. 0,85. Long. 1,38.

19 — Coffre. Art piémontais, fin du xve siècle.
Haut. 0,89. Long. 1,70.

20 — Coffre. Art piémontais, fin du xve siècle.
Haut. 0,90. Long. 1,62.

21 — Coffre. Art piémontais, fin du xve siècle.
Haut. 0,88. Long. 1,58.

22 — Coffre. Fin du xve ou commencement du xvie siècle.
Haut. 0,98. Long. 1,79.

23 — Dressoir. Art français, fin du xve siècle.
Haut. 1,43. Larg. 1,13. Prof. 0,55.

24 — Dressoir. Art piémontais, fin du xve siècle.
Haut. 2,25. Long. 1,70. Prof. 0,60.

25 — Dressoir. Art piémontais, fin du xve siècle.
Haut. 2,31. Long. 1.55. Prof. 0,74.

26 — Stalle à trois places. Art français, commencement du xvie siècle.
Haut. 2,52. Long. 2.00.

27 — Stalle. Art français, xvie siècle.
Haut. 2,16. Larg. 1,14.

28 — Stalle à trois places. Art français, xvie siècle.
Haut. 1,04. Long. 1,95.

1*

29 — Chaire à haut dossier. Art français, commencement du xviᵉ siècle.

Haut. 2,00. Larg. 0,72.

30 — Petite Chaire. Art français, commencement du xviᵉ siècle.

Haut. 1,43. Larg. 0,69.

31 — Chaire. Art piémontais, commencement du xviᵉ siècle.

Haut. 2,00. Larg. 0,73. Prof. 0,44.

32 — Chaire. Art piémontais, commencement du xviᵉ siècle.

Haut. 1,92. Larg. 0,71. Prof. 0,47.

33 — Banc. Art français, première moitié du xviᵉ siècle.

Haut. 1,07. Long. 1,25.

34 — Grand Coffre. Art français, commencement du xviᵉ siècle.

Haut. 0,88. Long. 2,10. Larg. 0,66.

35 — Coffre de mariage. Art français, commencement du xviᵉ siècle.

Haut. 1,00. Long. 1,26.

36 — Coffre. Art français, commencement du xviᵉ siècle.

Haut. 0,84. Long. 1,87.

37 — Grand Coffre. Art allemand, commencement du xviᵉ siècle.

Haut. 1,12. Long. 2,07.

38 — Coffre. Art français, première moitié du xviᵉ siècle.

Haut. 0,75. Long. 2,00.

39 — Coffre. Art français, commencement du
xvi⁰ siècle.

Haut. 0,82. Long. 2,03.

40 — Coffre. Art français (Auvergne), première
moitié du xvi⁰ siècle.

Haut. 0,84. Long. 1,72.

41 — Coffre. Art flamand, xvi⁰ siècle.

Haut. 0,87. Long. 2,03.

42 — Base triangulaire. Art français, commencement du xvi⁰ siècle.

Haut. 0,89. Larg. d'un des côtés, 0,70.

43 — Socle. Art français, commencement du
xvi⁰ siècle.

Haut. 1,29. Diam. 0,37.

44 — Socle à six pans. Art français, commencement du xvi⁰ siècle.

Haut. 1,20. Larg. 0,64.

45 — Socle. Art français, première moitié du
xvi⁰ siècle.

Haut. 1,20. Diam. 0,65.

46 — Dais (Deux). Art français, fin du xv⁰ ou
commencement du xvi⁰ siècle.

Haut. 0,54. Larg. 0,35.

47 — Armoire. Art français vers 1530.

Haut. 0,98. Larg. 1,45.

48 — Grand Coffre. Art français, commencement du xvi⁰ siècle.

Haut. 0,82. Long. 1,74.

49 — Dressoir. Art français, commencement
du xvie siècle.

Haut. 1,54. Larg. 1,12. Prof. 0,53.

50 — Dressoir. Art français, première moitié
du xvie siècle.

Haut. 1,47. Larg. 1,10. Prof. 0,46.

51 — Dressoir. Art français, première moitié
du xvie siècle.

Haut. 1,48. Larg. 1,17. Prof. 0,46.

52 — Meuble à deux corps. Ile de France, milieu du xvie siècle.

Haut. 2,30. Larg. 1,19. Prof. 0,49.

53 — Petite Armoire. Art flamand, xvie siècle.

Haut. 1,35. Larg. 0,78. Prof. 0,40.

54 — Meuble à deux corps. Ile de France, milieu du xvie siècle.

Haut. 2,24. Larg. 1,12. Prof. 0,42.

55 — Meuble à deux corps. École lyonnaise,
xvie siècle.

Haut. 2,22. Larg. 1,22. Prof. 0,22.

56 — Grande Armoire à deux corps. École
lyonnaise ou bourguignonne, seconde moitié du xvie siècle.

Haut. 2,68. Larg. 1,27. Prof. 0,50.

57 — Armoire à deux corps. Art français. École
lyonnaise, xvie siècle.

Haut. 1,82. Larg. 1,22. Prof. 0,48.

58 — Armoire à deux corps. Art français, seconde moitié du xvıᵉ siècle.

Haut. 1,77. Larg. 1,40. Prof. 0,51.

59 — Meuble (Corps de). École lyonnaise, seconde moitié du xvıᵉ siècle.

Haut. 0,85. Larg. 1,29. Prof. 0,48.

60 — Meuble à deux corps. Art français, École lyonnaise, seconde moitié du xvıᵉ siècle.

Haut. 1,88. Larg. 1,21. Prof. 0,51.

61 — Armoire. Art français, xvıᵉ siècle.

Haut. 1,79. Larg. 0,92. Prof. 0,50.

62 — Dressoir. Art français. École lyonnaise, seconde moitié du xvıᵉ siècle.

Haut. 1,37. Larg. 1,01. Prof. 0,49.

63 — Armoire d'applique. Art français, milieu du xvıᵉ siècle.

Haut. 0,90. Larg. 0,47.

64 — Meuble à deux corps. Art français, fin du xvıᵉ siècle.

Larg. 1,32. Haut. 2,10. Prof. 0,90.

65 — Petit coffre. Art français, École de Lyon, milieu du xvıᵉ siècle.

Haut. 0,49. Larg. 0,78.

66 — Coffre de mariage. Art italien, milieu du xvıᵉ siècle.

Haut. 0,67. Long. 1,82. Larg. 0,64.

67 — Tabernacle. Art italien, milieu du xvıᵉ siècle.

Haut. 2,23. Larg. 0,85. Prof. 0,50.

68 — Base triangulaire. Art italien, 1540.

Haut. 0,56. Larg. 0,75.

69 — Berceau. Art français, 1547.

Haut. 0,77. Long. 1,07. Larg. 0,53.

70 — Table à rallonges. Art français, milieu du
XVIe siècle.

Haut. 0,84. Larg. 0,85. Long. 1,41.

71 — Table. Art français, XVIe siècle.

Haut. 0,83. Larg. 0,82. Long. 1,26.

72 — Grande Table. Style de la Renaissance
française.

Haut. 0,77. Larg. 1,41. Long. 2,90.

73 — Meuble bas. Art français, seconde moitié
du XVIe siècle.

Haut. 0,82. Larg. 1,42.

74 — Table circulaire. Art français. École
d'Auvergne, seconde moitié du XVIe siècle.

Haut. 0,78. Diam. 1,08.

75 — Table. Art français, seconde moitié du
XVIe siècle.

Haut. 0,76. Long. 1,17. Larg. 0,73.

76 — Grande Table. Art italien, XVIe siècle.

Haut. 0,89. Long. 2,20. Larg. 0,90.

77 — Fauteuil. Art italien, XVIe siècle.

Haut. 1,20. Larg. 0,56.

78 — Banc. Art français, commencement du
XVIe siècle.

Haut. 1,03. Larg. 1,15.

79 — Banc. Art français, xvi° siècle.

Haut. 0,52. Long. 0,91.

80 — Fauteuil. Art français, milieu du xvi° siècle.

Haut. 1,07. Larg. 0,61.

81 — Fauteuil. Art français, milieu du xvi° siècle.

Haut. 1,20. Larg. 0,61.

82 — Chaire à haut dossier. École lyonnaise, seconde moitié du xvi° siècle.

Haut. 1,90. Larg. 0,74.

83 — Stalle à trois places. Art français, deuxième moitié du xvi° siècle.

Haut. 1,05. Long. 2,05.

84 — Fauteuil. Art français. École lyonnaise, xvi° siècle.

Haut. 1,30. Larg. 0,69.

85 — Fauteuil. Art français, milieu du xvi° siècle.

Haut. 1,19. Larg. 0,58.

86 — Fauteuil. Art français, milieu du xvi° siècle.

Haut. 1,22. Larg. 0,61.

87 à 90 — Stalles (Quatre). Art piémontais, fin du xv° siècle.

Haut. 0,76. Larg. 1,28.

91 à 96 — Escabeaux (Six). Art italien, milieu du xvi° siècle.

Haut. 1,00.

(Ancienne Collection Soltykoff.)

97-98 — Fauteuils en X (Deux). Art italien, xvie siècle.

Larg. 0,91. Haut. 0,66 et 0,67.

99 à 102 — Grands Fauteuils (Quatre). Art italien, xvie siècle.

Haut. 1,04. Larg. 0,45.

103-104 — Fauteuils (Deux). Art italien, xve siècle.

Haut. 1,10. Larg. 0,57.

105 à 108 — Fauteuils (Quatre). Art italien, xvie siècle.

Haut. 1,17. Larg. 0,62.

109-110 — Grands Fauteuils (Deux). Art italien, xvie siècle.

Haut. 1,41. Larg. 0,68.

111-112 — Chaises (Deux). Art allemand, xviie siècle.

Haut. 1,03. Larg. 0,43.

113 à 115 — Escabeaux (Trois). Art français, xviie siècle.

Haut. 0,90. Larg. 0,40.

116 — Grande Table. Époque Louis XIII.

Haut. 0,85. Larg. 1,12.

117 — Grand Banc à haut dossier.

Haut. 1,87. Long. 2,88. Prof. 0,66.

118 — Grand Banc à haut dossier.

Haut., 2,55. Larg. 2,62. Prof. 0,83.

119 — Miroir. Style de la Renaissance italienne

Haut. 0,77. Larg. 0,45.

BOISERIES

120 — Cheminée, pierre et bois. Art français, fin du xv° siècle.

Haut. 2,00. Larg. 2,06.

121 — Tribune. Art français, fin du xv° siècle.

Haut. 1.10. Long. 7,00.

122 — Porte. Art français, fin du xv° siècle.

Haut. 2,09. Larg. 1,30.

123 — Lambris. Art piémontais, fin du xv° siècle.

Long. 34,20.

124 — Grande Porte. Art français, fin du xv° siècle.

Haut. 5,00. Larg. 1,80.

125 — Grande Porte. Art français, fin du xv° siècle.

Haut. 5,00. Larg. 1,80.

126 — Porte. Art français, fin du xv° siècle.

Haut. 2,78. Larg. 1,20.

127 — Porte. Art français, fin du xv° ou commencement du xvi° siècle.

Haut. 2,60. Larg. 1,05.

128 — Deux Dais d'architecture. Art français, fin du xv° ou commencement du xvi° siècle.

Haut. 0,075. Long. 0,27.

129 — Porte. Art français, fin du xv° ou commencement du xvi° siècle.

Haut. 2,20. Larg. 0,91.

130 — Porte. Art français, xvie siècle.

Haut. 3,00. Larg. 1,80.

131 — Porte. Art français, première moitié du xve et milieu du xvie siècle.

Haut. 3,20. Larg. 2,00.

132 — Porte. Art français. Bourgogne, milieu du xvie siècle.

Haut. 2,67. Larg. 2,13.

133 — Porte. Art français, commencement du xvie siècle.

Haut. 2,40. Larg. 1,10.

134 — Petite Porte. Art français, commencement du xvie siècle.

Haut. 1,62. Larg. 0,58.

135 — Porte à deux vantaux. Art français, vers 1530.

Haut. 2,40. Larg. 1,40.

136 — Clôture ou Balustrade. Art français, commencement du xvie siècle.

Haut. 1,05. Larg. 1,82.

137 — Porte. Art français, xvie siècle.

Haut. 2,22. Larg. 0,90.

138 — Porte. Art français, commencement du xvie siècle.

Haut. 2,85. Larg. 1,35.

139 — Porte. Art français (?), commencement du xvie siècle.

Haut. 2,30. Larg. 0,84.

140 — Porte. Art français, xvie siècle.

Haut. 2,55. Larg. 1,00.

141 — Porte. Art français, xvie siècle.

Haut. 2,12. Larg. 0,73.

142 — Porte. Art français, xvie siècle.

Haut. 2,30. Larg. 0,86.

143 — Porte. Art français, xvie siècle.

Haut. 2,30. Larg. 0,85.

144 — Porte. Art français, xvie siècle.

Haut. 3,00. Larg. 1,22.

145 — Porte. Art français, xvie siècle.

Haut. 1,30. Larg. 0,82.

146 — Rampe d'escalier, composée de fragments. Art allemand, xvie siècle.

Haut. 2,57. Larg. 2,12.

147 — Départ d'escalier. Art allemand, xvie siècle.

Haut. 2,10. Larg. 2,72.

148 — Cheminée. Art français, xvie siècle.

Haut. 1,68. Larg. 2,00.

149 — Cheminée. Art italien, xvie siècle.

Haut. 2,30. Larg. 2,20.

150 — Grande Cheminée. Art italien, xvie siècle.

Haut. 2,05. Larg. 1,94.

151 — Cadre de glace. Art français, xvie siècle.

Haut. 2,50. Larg. 2,00.

152-153 — Panneaux (Deux), provenant de la décoration d'une armoire. Art allemand. Limbourg, fin du xv\ siècle.

Haut. 1,45. Larg. 0,45.

154-155 — Panneaux (Deux). Art français, xv\ siècle.

Haut. 0,48. Larg. 0,13.

156-157 — Panneaux (Deux). Art français, fin du xv\ siècle.

Haut. 0,28. Larg. 0,14.

158 à 161 — Panneaux (Quatre). Art français, fin du xv\ siècle.

Haut. 0,48. Long. 0,21.

162 à 165 — Panneaux (Quatre). Art français, fin du xv\ siècle.

Haut. 0,37. Larg. 0,21.

166 — Frise. Art français, fin du xv\ siècle.

Haut. 0,075. Larg. 0,61.

167 à 172 — Panneaux (Six). Art français, fin du xv\ siècle.

Haut. 0,43. Larg. 0,45.

173 — Panneau. Art français, fin du xv\ siècle.

Haut. 0,48. Larg. 0,205.

174 — Panneau. Art français, fin du xv\ siècle.

Haut. 0,445. Larg. 0,22.

175 — Petit Panneau. Art français, fin du xv\ siècle.

Haut. 0,38. Larg. 0,115.

176 — Panneau. Art français, fin du xvᵉ siècle.

Haut. 0,305. Larg. 0,22.

177 — Panneau. Art français, fin du xvᵉ siècle.

Haut. 0,46. Larg. 0,19.

178-179 — Panneaux (Deux). Art français, fin du xvᵉ siècle.

Haut. 0,46. Larg. 0,195.

180-181 — Panneaux (Deux). Art français, fin du xvᵉ siècle.

Haut. 0,41. Larg. 0,18.

182-183 — Panneaux (Deux). Art français, fin du xvᵉ siècle.

Haut. de chaque panneau 1,50. Larg. 0,46.

184 — Panneau. Art français, fin du xvᵉ siècle.

Haut. 0,45. Larg. 0,19.

185 — Panneau. xvᵉ siècle.

Haut. 0,18. Larg. 0,50.

186 — Panneau. Art français, commencement du xvıᵉ siècle.

Haut. 0,44. Larg. 0,14.

187-188 — Panneaux (Deux). Art français, première moitié du xvıᵉ siècle.

Haut. 0,34. Larg. 0,13.

189 à 193 — Panneaux (Cinq). Art français, fin du xvᵉ ou commencement du xvıᵉ siècle.

Haut. des grands panneaux 0,435.
Larg. des grands panneaux 0,20.
Haut. du petit panneau 0,305.
Larg. du petit panneau 0,195.

194 — Devant de coffre. Art français, commencement du xvie siècle.

Haut. 0,38. Larg. 0,90.

195 — Panneau. Art français, premier quart du xvie siècle.

Haut. 0,43. Larg. 0,26.

196 — Panneau. Art français, commencement du xvie siècle.

Haut. 0,40. Larg. 0,18.

197 — Panneau. Art français, commencement du xvie siècle.

Haut. 0,38. Larg. 0,21.

198 — Frise. Art italien, Sienne, premier quart du xvie siècle.

Haut. 0,19. Long. 2,50.

199-200 — Panneaux (Deux petits). Art français du xvie siècle.

Haut. 0,47. Larg. 0,21.

201 — Panneau. Art français, première moitié du xvie siècle.

Haut. 0,43. Larg. 0,21.

202-203 — Panneaux (Deux). Art français, commencement du xvie siècle.

Haut. 0,36. Larg. 0,19.

204-205 — Fragments (Deux). Art allemand, commencement du xvie siècle.

Longueur de chaque fragment 0,35. Haut. 0,135.

206 — Pilastre. Art français, commencement du xvie siècle.

Haut. 0,36. Larg. 0,05.

207 — Pilastre. Art français, commencement
du xvi⁰ siècle.

Haut. 0,47.

208 — Fragment. Art français, commencement
du xvi⁰ siècle.

Haut. 0,15. Larg. 0,27.

209 — Panneau. Art français, commencement
du xvi⁰ siècle.

Haut. 0,37. Larg. 0,20.

210 — Panneau (Petit). Art français, première
moitié du xvi⁰ siècle.

Haut. 0,35. Larg. 0,185.

211 — Tympan. Art français, première moitié
du xvi⁰ siècle.

Haut. 0,45. Larg. 1,16.

212 — Panneau. Art français, commencement
du xvi⁰ siècle.

Haut. 0,71. Larg. 0,60.

213 — Panneau. Art français, commencement
du xvi⁰ siècle.

Haut. 0,98. Larg. 0,49.

214 — Petit Panneau Art français, commencement du xvi⁰ siècle.

Haut. 0,36. Larg. 0,19.

215-216 — Panneaux (Deux). Art français, commencement du xvi⁰ siècle.

Haut. 0,57. Larg. 0,23.

217 — Panneau. Art français, commencement
du xvi⁰ siècle.

Haut. 0,46. Larg. 0,21.

218 — Panneau. Art français, commencement
du xvie siècle.

Haut. 0,44. Larg. 0,17.

219 — Panneau. Art français, première moitié
du xvie siècle.

Haut. 0,45. Larg. 0,22.

220 à 222 — Panneaux (Trois). Art français,
première moitié du xvie siècle.

Haut. 0,21. Long. 0,40.

223-224 — Panneaux (Deux). Art français, première moitié du xvie siècle.

Haut. 0,50. Larg. 0,19.

225-226 — Panneaux (Deux). Art italien, xvie
siècle.

Haut. 0,69. Larg. 0,36.

227 à 231 — Panneaux (Cinq). Art flamand,
xvie siècle.

Haut. 0,67. Larg. 0,11.

232 — Panneau. Art français, milieu du xvie
siècle.

Haut. 0,51. Larg. 0,46.

233 — Bas-relief. Art italien, milieu du xvie
siècle.

Long. 0,48. Haut. 0,20.

234 — Bas-relief. Art français, milieu du xvie
siècle.

Haut. 0,47. Larg. 0,13.

235 à 238 — Fragments (Quatre). Art français,
seconde moitié du xvie siècle.

Long. 0,31 et 0,24

239 — Bas-relief. Art français. Lyon, seconde
moitié du xvi⁰ siècle.

Haut. 0,14. Larg. 0,545.

240-241 — Mascarons (Deux). Art français,
deuxième moitié du xvi⁰ siècle.

Haut. 0,25.

242 — Masque grimaçant. Art français, deuxième
moitié du xvi⁰ siècle.

Haut. 0,75. Larg. 0,125.

SCULPTURES EN BOIS

243 — Saint Georges. Art français, fin du xiv⁰
ou commencement du xv⁰ siècle.

Haut. 0,83.

244 — Buste-reliquaire. Art allemand, commencement du xv⁰ siècle.

Haut. 0,44. Larg. 0,35.

245 — Un Ange. Art français, xv⁰ siècle.
Les ailes sont modernes.

Haut. 0,72.

246 — Un Ange. Art français, xv⁰ siècle.
Les ailes sont modernes.

Haut. 0,84.

247 — La Vierge et l'Enfant Jésus. Art français,
xv⁰ siècle.

Haut. 1,42.

248 — La Vierge. Art français, xv⁰ siècle.

Haut. 0,58.

2

249 — Sainte Barbe. Art français, xv° siècle.

Haut. 0,71.

250 — La Vierge et l'Enfant Jésus. Art français, xv° siècle.

Haut. 1,04.

251 — L'Évanouissement de la Vierge. Art français, fin du xv° siècle.

Haut. 0,40.

252 — La Vierge et l'Enfant Jésus. Art franco-flamand, xv° siècle.

Haut. 0,80.

253 — Saint Antoine ermite. Art français, fin du xv° siècle.

Haut. 0,50.

254 — Saint Georges. Art français, fin du xv° siècle.

Haut. 0,68.

255 — Arbre de Jessé. Art français, xv° siècle.

Haut. 0,36. Larg. 0,26.

256 — Une Sainte. Art français, fin du xv° siècle.

Haut. 0,58.

257 — Un Saint. Art français, fin du xv° siècle.

Haut. 0,63.

258 — Sainte Barbe. Art français, fin du xv° siècle.

Haut. 1,15.

259 — Saint Georges. Art allemand, xv° siècle.

Haut. 0,95.

260 — Corbeau. Art français, fin du xve siècle
Haut. 0,97. Larg. 0,36.

261 — La Vierge soutenue par saint Jean et une sainte Femme. Art allemand, fin du xve siècle.
Haut. 0,90. Larg. 0,54.

262 — La Vierge Marie. Art flamand, fin du xve siècle.
Haut. 1 m.

263 — Saint Jean l'Évangéliste. Art flamand, fin du xve siècle.
Haut. 1,03.

264 — Saint Jacques. Art allemand, xve siècle.
Haut. 0,90.

265 — Sainte Élisabeth de Hongrie. Art allemand, fin du xve siècle.
Haut. 1,15.

266 — Un Saint. Art français, fin du xve siècle.
Haut. totale. 0,65.

267 — Une Sainte. Art français, fin du xve siècle.
Haut. 0,78.

268 — Un Ange. Art français, xve siècle.
Haut. 0,42.

269 — La Piéta. Art français, fin du xve siècle.
Haut. 0,60. Larg. 0,45.

270 — La Mise au Tombeau. Art français, fin du xve siècle.
Haut. 0,59. Larg. 0,43.

271 — Le roi Melchior. Art allemand. Bavière,
xve siècle.

Haut. 1,40.

272 — Un Roi mage. Art allemand. Bavière,
xve siècle.

Haut. 1 m.

273 — La Vierge. Art français, fin du xve siècle,

Haut. 0,32.

274 — Un saint Moine. Art français, xve siècle.

Haut. 1,32.

275 — La Vierge et l'Enfant Jésus. Art français,
xve siècle.

Haut. 0,32.

276 — Une sainte Femme. Art flamand, fin du
xve siècle.

Haut. 0,32.

277 — La Trinité. Art flamand, fin du xve siècle.

Haut. 0,90.

278 — Une sainte Femme. Art allemand, Limbourg (?), fin du xve siècle.

Haut. 0,80.

279 — Sainte Catherine d'Alexandrie. Art français, fin du xve siècle.

Haut. 0,83.

280 — Saint Jean l'Évangéliste. Art flamand,
fin du xve siècle.

Haut. 0,65.

281 — Un saint Évêque. Art flamand, xve siècle.

Haut. 0,74.

282 — Une Sainte. Art flamand, commencement du XVIᵉ siècle.

Haut. 0,82.

283 — Un Saint prêchant. Art français, commencement du XVIᵉ siècle.

Haut. 0,46. Larg. 0,30.

284 — Sainte Marie-Madeleine. Art allemand,
commencement du XVIᵉ siècle.

Haut. 0,4?.

285 — Un saint Diacre. Art allemand, commencement du XVIᵉ siècle.

Haut. 0,4?.

286 — Un Écrivain. Art français, commencement du XVIᵉ siècle.

Haut. 0,35. Larg. 0,21.

287 — Un Saint. Art flamand, commencement
du XVIᵉ siècle.

Haut. 0,32.

Pendant du numéro suivant.

288 — Un Saint. Art flamand, commencement
du XVIᵉ siècle.

Haut. 0,30.

289 — Saint Jean l'Évangéliste. Art français,
commencement du XVIᵉ siècle.

Haut. 0,46. Larg. 0,46.

290 — Saint Nicolas. Art français, commencement du XVIᵉ siècle.

Haut. 0,73.

291 — Sainte Catherine d'Alexandrie. Art flamand, commencement du XVIᵉ siècle.

Haut. 0,84.

292 — Saint Bernard. Art français, commencement du xvi⁰ siècle.

Haut. 1,32. Larg. o,3i.

293 — Un Saint. Art français, commencement du xvi⁰ siècle.

Haut. o,39. Larg. o,36.

294 — L'Annonciation. Art allemand. Bavière, commencement du xvi⁰ siècle.

Haut. de chaque bas-relief o,62.
Larg. de chaque bas-relief o,38.

295 — Un Prophète. École française. Amiens, commencement du xvi⁰ siècle.

Haut. o,43.

296 — Saint Étienne. École française. Amiens, commencement du xvi⁰ siècle.

Haut. o,44.

297 — La Vierge et l'Enfant Jésus. Art flamand, commencement du xvi⁰ siècle.

Haut. o,36.

298 — Les Gardes du tombeau du Christ. Art français, commencement du xvi⁰ siècle.

Haut. o,23. Larg. o,26.

299 — La Circoncision. Art français, commencement du xvi⁰ siècle.

Haut. o,25. Larg. o,27.

3oo — Saint Jacques le Majeur. Art allemand, commencement du xvi⁰ siècle.

Haut. o,86.

301 — Une sainte Reine. Art flamand, commencement du xvie siècle.

Haut. 0,69.

302 — Une sainte Femme. Art français, commencement du xvie siècle.

Haut. 0,68.

303 — Sainte Catherine d'Alexandrie. Art flamand, commencement du xvie siècle.

Haut. 0,82.

304 — Saint Étienne. Art français, commencement du xvie siècle.

Haut. 0,64.

305 — Sainte Catherine d'Alexandrie. Art du
Nord de la France, commencement du xvie
siècle.

Haut. 0,43.

306 — Saint Jean et une Donatrice. Art français,
commencement du xvie siècle.

Haut. 0,31.

307 — Sainte en prières. Art français. Cham-
pagne (?), commencement du xvie siècle.

Haut. 0,40.

308 — Saint Georges. Art allemand, commencement du xvie siècle.

Haut. 1,80.

309 — Deux Volets d'un diptyque. Art allemand, Bavière, xvie siècle.

Haut. de chaque volet 1,66.
Larg. de chaque volet 0,585.

310 — Bas-relief. Art allemand, 1544.

Haut. 0,87. Larg. 0,40.

311 — Le Christ et un Donateur. Art français, xvie siècle.

Haut. 0,47.

312-313 — Un saint Évêque et un Chevalier. Art français, xvie siècle.

Haut. 0...

Ces statuettes sont supportées chacune par une colonnette gothique.

Haut. de chaque colonnette 1,55.

314 — Saint Jean l'Évangéliste. Art français, xvie siècle.

Haut. 0,36.

315 — La Vierge. Art français, xvie siècle.

Haut. 0,37.

316 — Saint Georges ou saint Michel. Art espagnol, xvie siècle.

Haut. 1,50. Larg. 0,75.

317 — Soufflet. Art français, xvie siècle.

Long. 0,78.

COFFRETS

318 — Coffret. Art français, xve siècle.

Long. 0,255. Larg. 0,13. Haut. 0,15.

319 — Coffret. Art italien, xvie siècle.

Long. 0,225. Larg. 0,11. Haut. 0,10.

320 — Coffret. Art allemand, xve siècle.

Long. 0,265. Larg. 0,19. Haut. 0,115.

321 — Coffret. Art allemand, xve siècle.

Long. 0,24. Larg. 0,16. Haut. 0,11.

600 — 322 — Coffret. Art français, Bourgogne, milieu
du xviᵉ siècle.

Haut. 0,34. Long. 0,52. Larg. 0,30.

750 — 323 — Coffret. Art français, fin du xviᵉ siècle.

Long. 0,51. Larg. 0,315. Haut. 0,28.

175 — 324 — Coffret. Art italien, xviᵉ siècle.

Haut. 0,31. Long. 0,67. Prof, 0,415.

60 — 325 — Boîte de changeur. Art français, xviiᵉ
siècle.

Haut. 0,055. Long. 0,25. Larg. 0,13.

4000 326 — Grand Coffret. Art français, xviiᵉ siècle.

Haut. 0,145. Long. 0,515. Larg. 0,345.

327 — Coffret. Art français, xviiᵉ siècle.

Haut. 0,07. Long. 0,28. Larg. 0,22.

328 — Boîte de courrier, en fer. Art français,
fin du xvᵉ siècle.

Haut. 0,095. Long. 0,185. Larg. 0,13.

329 — Boîte de courrier, en fer. Art français,
fin du xvᵉ siècle.

Haut. 0,095. Long. 0.145. Larg. 0,105.

SCULPTURES EN PIERRE ET EN MARBRE

330 — Autel de forme rectangulaire allongée.

Haut. 1,00. Long. 2,00. Prof. 0,60.

331 — La Vierge et l'Enfant Jésus. Art français,
xivᵉ siècle.

Haut. 0,94. Larg. 0,72.

2*

332 — Un saint Évêque. Art français, xive siècle.
Haut. 0,...

332bis — Cul de lampe. Art français, commencement du xvie siècle.
Haut. 0,35.

333 — La Vierge, l'Enfant Jésus et deux Dona-
teurs. Art français, xive siècle.
Haut. 0,335. Larg. 0,48.

334-335 — Niches (Deux), provenant de la décoration d'un tombeau. Art français, fin du
xive siècle ou commencement du xve.
Haut. sans le socle, 0,65. Larg. 0,33.

336 — La Vierge et l'Enfant Jésus. Art français,
Bourgogne, première moitié du xve siècle.
Haut. 1,22.
Cette statue est portée sur un socle rectangulaire en
pierre du xve siècle.
Haut. 0,45. Larg. 0,60.

337 — Niche d'architecture. Art français, xve
siècle.
Haut. 0,77. Diam. 0,53.

338 — Crucifixion. Art flamand, commencement du xvie siècle.
Haut. 0,64. Larg. 0,52.

339 — Grande Cheminée. Art français, Bourgogne, première moité du xve siècle.
Haut. 4,50. Larg. 3,40.

340 — Grande Cheminée. Art français, xve
siècle.
Haut. 5,00. Larg. 2,84. Prof. 0,90.

341 — Un Fauconnier. Art français, xvᵉ siècle.

Haut. 0,87.

342 — Saint Benoît. Art français. Bourgogne,
xv siècle.

Haut. 1,75.

342bis — Cul-de-lampe. Art français, xvᵉ siècle.

Haut. 0,35.

343 — Un Moine. Art français. Bourgogne,
xvᵉ siècle.

Haut. 0,44.

344 — Un Pleureur. Art français, Bourgogne,
xvᵉ siècle.

Haut. 0,44.

345 — Un Pleureur. Art français. Bourgogne,
xvᵉ siècle.

Haut. 0,87. Long. 0,44.

346 — Un Pleureur. Art français, xvᵉ siècle.

Haut. 0,33.

347 — Un Pleureur. Art français. Bourgogne,
xvᵉ siècle.

Haut. 0,43.

348 — Un Moine. Art français, Bourgogne, xvᵉ
siècle.

Haut. 0,43.

349 — Un Apôtre. Art français, Bourgogne, xvᵉ
siècle.

La tête est moderne.

Haut. 0,38.

350 — Bas-relief. Art français. Bourgogne, xv^e
siècle.

Haut. 0,81. Long. 1,41.

351 — Un saint Apôtre. Art français, xve siècle.

Haut. 0,72.

352 — Un saint Évêque. Art français, xve siècle.

Haut. 0,84.

352*bis* — Cul-de-lampe. Art français, xive siècle.

Haut. 0,31.

353 — Frise (fragment). Art français. Bourgogne, xve siècle.

Haut. 0,27. Larg. 1,00.

354 — La Piétà. Art français. Bourgogne, xv^e
siècle.

Haut. 0,36. Larg. 0,27.

355 — Pilastre. Art français, fin du xve siècle.

Haut. 1,38.

356 — Une Sainte. Art français, fin du xve siècle.

Haut. 0,80.

356*bis* — Cul-de-lampe. Art français, fin du xv^e
siècle.

Haut. 0,25.

357 — Sainte Anne. Art français, fin du xv^e
siècle.

Haut. 0,77.

358 — Un saint Évêque. Art français, fin du xv^e
siècle.

Haut. 1,30.

358*bis* — Cul-de-lampe et Dais. Art français, milieu du xvie siècle.

Haut. 3,40. Larg. 0,55.

359 — La Pietà. Art français, fin du xve siècle.

Haut. 0,40. Larg. 0,40.

359*bis* — Arcature. Art français, fin du xve siècle.

Larg. 0,70.

360 — Un saint Pape. Art français, xve siècle.

Haut. 0,95.

361 — Sainte Catherine d'Alexandrie. Art français, fin du xve siècle.

Haut. 1,06.

Cette statue est placée sur un chapiteau du xve siècle en pierre.

Haut. 0,28.

362 — Sainte Barbe. Art français, fin du xve siècle.

Haut. 1,10.

363 — Personnage en prières. Art français, fin du xve siècle.

Haut. 0,67.

364 — Une Dame priant.

Haut. 0,66.

365 — La Vierge et l'Enfant Jésus. Art français, fin du xve ou commencement du xvie siècle.

365*bis* — Cul-de-lampe. Art français, xvie siècle.

Haut. 0,20.

366 — Saint Antoine. Art français, xvᵉ siècle.

Haut. 0,80.

366 *bis* — Corbeau et Dais. Art français, xvᵉ siècle.

Haut. 2,20.

367 — Portrait de Femme. Art florentin, xvᵉ siècle.

Haut. 0,45. Larg. 0,27.

368 — Cheminée. Art italien, Venise, fin du xvᵉ siècle.

Haut. 2,32. Larg. 2,00. Prof. 0,85.

369 — Cheminée. Art italien. Venise, fin du xvᵉ siècle.

Haut. 1,94. Larg. 1,97. Prof. 0,66.

370 — Un saint Évêque. Art français, fin du xvᵉ ou commencement du xvıᵉ siècle.

Haut. 1,05.

371 — Saint Yves. Art français, commencement du xvıᵉ siècle.

Haut. 0,62.

372 — Saint Nicolas. Art français, commencement du xvıᵉ siècle.

Haut. 1,32.

373 — Saint Éloi. Art français, commencement du xvıᵉ siècle.

Haut. 0,97.

373 *bis* — Cul-de-lampe. Art français, commencement du xvıᵉ siècle.

Haut. 0,18.

374 — Une sainte Femme. Art français, commencement du xvi⁰ siècle.

Haut. 0,55.

374bis — Cul-de-lampe. Art français, xv⁰ siècle.

Haut. 0,20.

375 — La Pietà. Art français, commencement
du xvi⁰ siècle.

Haut. 0,63. Larg. 0,72.

376 — Sainte Élisabeth de Hongrie. Art français, commencement du xvi⁰ siècle.

Haut. 0,71.

376bis — Cul-de-lampe. Art français, xv⁰ siècle.

Haut. 0,20.

377 — Pilastre. Art français, vers 1530.

Haut. 0,43. Larg. 0,22. Epaiss. 0,13.

378 — Médaillon. Art français, première moitié
du xvi⁰ siècle.

Diam. 0,45.

379 — Médaillon. Art français, première moitié
du xvi⁰ siècle.

Diam. 0,45.

380 — Saint Michel. Art français, commencement du xvi⁰ siècle.

Haut. 0,50.

380bis — Cul-de-lampe. Art français, xv⁰ siècle.

Haut. 0,20.

381 — Sainte Anne et la Vierge. Art français,
première moitié du xvi⁰ siècle.

Haut. 0,50.

381 *bis* — Cul-de-lampe. Art français, xve siècle.

Haut. 0.23. Larg. 0,26.

382 — Un saint Évêque. Art français, première
moitié du xvie siècle.

Haut. 0,84.

383 — Grande Cheminée. Art français, première
moitié du xvie siècle.

Haut. 3,30. Larg. 3,00.

384 — Une Donatrice. Art français, première
moitié du xvie siècle.

Haut. 0,88.

385 — Un saint Evêque. Art français, xvie siècle.

Haut. 0,45.

385 *bis* — Petite Niche. Art français, xvie siècle.

Haut. 0,59. Larg. 0,41.

386-387 — Petites Niches (Deux). Art français,
xvie siècle.

Haut. 0,60.

388 — Un saint Franciscain. Art français, xvie
siècle.

Haut. 0,85.

388 *bis* — Cul-de-lampe. Art français, xve siècle.

Haut. 0,25.

389 — La Vierge et l'Enfant Jésus. Art français,
moitié du xvie siècle.

Haut. 1,00.

389 *bis* — Cul-de-lampe et Dais. Art français,
xvie siècle.

Haut. 2,80.

390 — La Crucifixion. Art français, xvie siècle.

Haut. 0,77. Larg. 0,53.

391 — La Vierge et l'Enfant Jésus. Art français,
xvie siècle.

Haut. 0,72.

391 *bis* — Niche . Art français, xvie siècle.

Haut. 2,00.

392 — Écusson d'Armoiries. Art français, xvie
siècle.

Diam. 0,34.

393 — Colonnes(Deux). Art français, xvie siècle.

Haut. 1,84.

394 — Console. Art français, deuxième moitié
du xvie siècle.

Haut. 1,45.

395 — Porte. Art français, Bourgogne, fin du
xvie siècle.

Haut. 3,20. Larg. 1,70.

SCULPTURES EN TERRE CUITE

396 — L'Annonciation. Andrea della Robbia.
Florence, xve siècle.

Haut. 0,40. Larg. 0,58.

397 — La Vierge et l'Enfant Jésus. Andrea della
Robbia. Florence, xve siècle.

Haut. 1,04.

398 — Médaillon circulaire. Atelier des della
Robbia. Florence, xve siècle.

Diam., 0,35.

399 — Médaillon circulaire. Atelier des della Robbia. Florence, xve siècle.

Diam. 0,35.

400 — La Mise au tombeau. Art italien, Faenza, 1487.

Haut. 0,47. Long. 1,60.

FAIENCES HISPANO-MORESQUES
ET ORIENTALES

401 — Vase en forme de lampe. Valence, xve siècle.

Haut. 0,185.

402 — Écuelle. Valence, xve siècle.

Diam. 0,24. Haut. 0,13.

403 — Grand Plat. Valence, xve siècle.

Diam. 0,42.

404 — Bassin. Valence, xve siècle.

Diam. 0,42.

405 — Biberon. Valence, xve siècle.

Haut. 0,28.

Vente Piot.

406 — Grand Bassin. Valence, xve siècle.

Diam. 0,50.

407 — Petit Plat. Valence, xve siècle.

Diam. 0,225.

408 — Petit Plat. Valence, xve siècle.

Diam. 0,22.

409 — Bassin. Valence, xvᵉ siècle.

Diam. 0,14. Haut. 0,38.

410 — Grand Plat. Valence, xvᵉ siècle.

Diam. 0.375.

411 — Grand Bassin. Valence, xvᵉ siècle.

Diam. 0,425.

412 — Grand Bassin. Valence, xvᵉ siècle.

Diam. 0,46.

413 — Grande Coupe. Manissès, fin du xvᵉ siècle.

Haut. 0,22. Diam. 0,32.

414 — Grand Plat. Manissès, xvıᵉ siècle.

Diam. 0,39.

415 — Aiguière. Manissès, xvıᵉ siècle.

Haut. 0,195 .

416 — Bassin. Valence, xvıᵉ siècle.

Diam. 0,41.

Vente Piot.

417 — Vase. Fabrique de Rhodes, fin du xvıᵉ siècle.

Haut. 0,265.

418 — Plat. Fabrique de Rhodes, xvııᵉ siècle.

Diam. 0,30.

419 — Plat. Fabrique de Rhodes, xvııᵉ siècle.

Diam. 0,29.

FAIENCES ITALIENNES

420 — Grand Plat. Fabrique de Faenza, avant 1490.

Diam. 0,47.

421 — Vase de pharmacie. Fabrique de Faenza, (Casa Bettini), vers 1480.

Haut. 0,185.

422 — Vase de pharmacie (Albarello). Fabrique de Faenza, vers 1480.

Haut. 0,23.

423 — Grande coupe. Fabrique de Faenza, fin du xve siècle.

Haut. 0,235. Diam. 0,325.

Vente Piot.

424 — Vase. Faenza, commencement du xvie siècle.

Haut. 0,30.

425 — Assiette plate à larges bords. Faenza, Casa Pirota, commencement du xvie siècle.

Diam. 0,28.

426 — Assiette. Faenza, Casa Pirota, vers 1525.

Diam. 0,27.

427 — Vase. Faenza, xvie siècle.

Haut. 0,27.

428 — Grande Cruche. Fabrique de Caffaggiolo, commencement du xvie siècle.

Haut. 0,32.

429 — Plat. Fabrique de Caffaggiolo, commencement du xvie siècle.

Diam. 0,33.

430 — Plat. Fabrique de Caffaggiolo, xvıe siècle.

Diam. 0,325.

431 — Assiette. Fabrique de Caffaggiolo, commencement du xvıe siècle.

Diam. 0,275.

432 — Assiette semblable.

Diam. 0,275.

433 — Petit Vase. Fabrique de Deruta, commencement du xvıe siècle.

Haut. 0,20.

434 — Petit Vase. Fabrique de Deruta, commencement du xvıe siècle.

Haut. 0,205.

435 — Coupe. Fabrique de Deruta, commencement du xvıe siècle.

Haut. 0,11. Diam. 0,23.

436 — Vase à deux anses. Fabrique de Deruta, commencement du xvıe siècle.

Haut. 0,27.

437 — Vase à deux anses. Fabrique de Deruta, commencement du xvıe siècle.

Haut. 0,275.

438 — Grand plat. Fabrique de Deruta, commencement du xvıe siècle.

Diam. 0,35.

439 — Plat. Fabrique de Deruta, commencement du xvıe siècle.

Diam. 0,255.

440 — Grand Plat. Fabrique de Deruta, commencement du xvɪᵉ siècle.

Diam. 0,42.

441 — Grand Plat. Fabrique de Deruta, commencement du xvɪᵉ siècle.

Diam. 0,41.

442 — Grand Plat. Fabrique de Deruta, commencement du xvɪᵉ siècle.

Diam. 0,40.

443 — Assiette creuse (Scodella). Fabrique de
Deruta, commencement du xvɪᵉ siècle.

Diam. 0,21.

444 — Petite Assiette. Fabrique de Deruta, xvɪᵉ
siècle.

Diam. 0,225.

445 — Grand Plat. Fabrique de Deruta, xvɪᵉ
siècle.

Diam. 0,42.

446 — Grand plat. Fabrique de Deruta, xvɪᵉ
siècle.

Diam. 0,42.

447 — Grand Plat. Fabrique de Deruta, xvɪᵉ
siècle.

Diam. 0,42.

448 — Grand Plat. Fabrique de Deruta, xvɪᵉ
siècle.

Diam. 0,41.

449 — Grand Plat. Fabrique de Deruta. xvɪᵉ
siècle.

Diam. 0,38.

450 — Grand Plat. Fabrique de Deruta, xvie siècle.

Diam. 0,355.

451 — Petite Assiette (Scodella). Fabrique de Gubbio, vers 1525.

Diam. 0,20.

452 — Assiette. Fabrique de Gubbio, commencement du xvie siècle, vers 1525.

Diam. 0,215.

453 — Assiette. Fabrique de Gubbio, Maestro Giorgio Andreoli, 1528.

Diam. 0,255.

Vente Soltykoff.

454 — Coupe. Fabrique de Gubbio, commencement du xvie siècle.

Diam. 0,18.

455 — Plat. Fabrique de Gubbio, vers 1530.

Diam. 0,24?.

456 — Plat. Fabrique de Gubbio, vers 1530.

Diam. 0,25.

457 — Assiette creuse à large bord (Scodella). Fabrique de Gubbio, première moitié du xvie siècle.

Diam. 0,25.

458-459 — Vases de pharmacie (Deux). Fabrique d'Urbino, atelier d'Orazio Fontana, milieu du xvie siècle.

Haut. 0,23.

460 — Petite assiette. Fabrique d'Urbino, atelier d'Orazio Fontana, milieu du xvie siècle.

Diam. 0,23.

461 — Aiguière. Fabrique d'Urbino, deuxième moitié du xvi° siècle.

Haut. 0,33.

462 — Grand Plat. Fabrique d'Urbino, atelier des Patanazzi, fin du xvi° siècle.

Haut. 0,47.

463 — Rafraîchissoir. Fabrique d'Urbino, atelier des Patanazzi, fin du xvi° siècle.

Diam. 0,49. Haut. 0,14.

464 — Assiette creuse. Urbino. Atelier des Patanazzi, fin du xvi° siècle.

Diam. 0,23.

465 — Grande Cuvette. Fabrique d'Urbino ou de Rome, commencement du xvii° siècle.

Diam. 0,39. Haut. 0,14.

466 — Assiette. Fabrique de Castel-Durante, vers 1530.

Diam. 0,225.

467 — Coupe. Fabrique de Castel-Durante. Guido Durantino, vers 1550.

Diam. 0,28.

468 — Vase de pharmacie. Fabrique de Castel-Durante, vers 1550.

Haut. 0,37.

469 — Vase de pharmacie. Fabrique de Castel-Durante, vers 1550.

Haut. 0,35.

470 — Plat ovale. Fabrique de Ferrare, fin du xvi° siècle.

Larg. 0,305. Long. 0,41.

471 — Plat. Fabrique de Ferrare, fin du xvi^e
siècle.

Diam. 0,30.

472 — Biberon. Fabrique de Forli, vers 1540.

Haut. 0,27.

473 — Grand Vase. Fabrique de Venise,
vers 1570.

Haut. 0,33.

474 — Grand Plat. Fabrique de Savone, xviii^e
siècle.

Diam. 0,45.

475 — Grand Plat. Fabrique de Savone. xvii^e
siècle.

Diam. 0,44.

476 — Gourde. Italie, xvie siècle. Terre gravée
sur engobe, dite à la Castellana.

Haut. 0,225.

FAIENCES FRANÇAISES

477 — Plat ovale. Palissy, xvie siècle.

Long. 0,345. Larg. 0,26.

478 — Grand Plat ovale. Palissy, xvie siècle.

Long. 0,52. Larg. 0,41.

479 — Plat ovale. Palissy, xvie siècle.

Long. 0,26. Larg. 0,195.

Vente Delange.

480 — Plat ovale. Palissy, xvie siècle.

Long. 0,30. Larg. 0,23.

481 — Plat ovale. Palissy, xvie siècle.

Long. 0,325. Larg. 0,24.

3

482 — Plat oval. Palissy, xvie siècle.

Long. 0,32. Larg. 0,25.

483 — Coupe. Palissy, xvie siècle.

Diam. 0,24.

484 — Coupe circulaire. Palissy, xvie siècle.

Diam. 0,24.

485 — Plat ovale, Palissy, xvie siècle.

Long. 0,3o5. Larg. 0,22.

486 — Plat ovale. Palissy, xvie siècle.

Long. 0,3o. Larg. 0,22.

487 — Plat ovale. La Décollation de saint Jean.
Palissy, xvie siècle.

Long. 0,29. Larg. 0,225.

Vente Soltykoff.

488 — Plat ovale. Palissy, xvie siècle.

Long. 0,27. Larg. 0,225.

Vente Soltykoff.

489 — Grand Plat circulaire. Persée délivrant
Andromède. Palissy, xvie siècle.

Diam. 0,35.

Vente Soltykoff.

490 — Plat ovale. Le Baptême du Christ, xvi^e
siècle.

Long. 0,32. Larg. 0,26.

491 — Plat ovale. Le Sacrifice d'Abraham.
Palissy, xvie siècle.

Long. 0,32. Larg. 0,265.

Vente Soltykoff.

492 — Saucière. Palissy, xvie siècle.

Long. 0,20.

Vente Delange.

493 — Saucière. Palissy, xvie siècle.

Long. 0,20.

494 — Grande Vasque. Art français, suite de Palissy, fin du xvie siècle.

Diam. 0,43. Haut. 0,22.

495 — Grande Vasque. Art français, fin du xvie ou commencement du xviie siècle.

Diam. 0,44. Haut. 0,26.

496 — Petit Plat. Suite de Palissy, commencement du xviie siècle.

Diam. 0,22.

497 — Petit Plat. Suite de Palissy, commencement du xviie siècle.

Diam. 0,20.

498 — Vase. Fabrique de Saintes, fin du xvie siècle.

Haut. 0,27.

499 — Grande Cruche. Fabrique de Saintes, fin du xvie siècle.

Haut., 0,34.

500 — Grand Plat. Fabrique d'Avignon, xviie siècle.

Diam. 0,475.

Vente Castellani.

GRÈS

501 — Biberon. Art français. Beauvais (?), fin du xvie siècle.

Haut. 0,25.

502 — Grande Canette. Cologne, première moitié du xvie siècle.

Haut. 0,325.

503 — Cruche. Cologne, monogramme I E, 1576.

Haut. 0,255.

504 — Vase. Cologne (?), fin du xvie siècle.

Haut. 0,28.

505 — Petite Cruche. Cologne (?), fin du xvi^e
siècle.

Haut. 0,21.

506 — Petite Cruche. Cologne (?), xvie siècle.

Haut. 0,16.

507 — Grande Cruche. Siegburg, 1584.

Haut. 0,39.

508 — Canette. Raeren, 1576.

Haut. 0,28.

509 — Canette. Raeren, 1583.

Haut. 0,375.

510 — Cruche. Raeren, 1584.

Haut. 0,23.

511 — Cruche. Raeren, 1585.

Haut. 0,29.

512 — Canette. Raeren, 1586.

Haut. 0,265.

513 — Cruche. Raeren, 1589.

Haut. 0,27.

514 — Grande Canette. Raeren, 1589.

Haut. 0,34.

515 — Cruche. Raeren, 1596.

Haut. 0,18.

516 — Cruche. Raeren, 1596.

Haut. 0,30.

517 — Cruche. Raeren, 1596.

Haut. 0,28.

518 — Cruche. Raeren, fin du xvie siècle.

Haut. 0,20.

519 — Cruche. Raeren, fin du xvie siècle.

Haut. 0,245.

520 — Cruche. Raeren, fin du xvie siècle.

Haut. 0,26.

521 — Cruche. Raeren, fin du xvie siècle.

Haut. 0,20.

522 — Cruche. Raeren, fin du xvie siècle.

Haut. 0,38.

523 — Grande Canette. Raeren, fin du xvie siècle.

Haut. 0,36.

524 — Grande Cruche. Raeren, fin du xvie siècle.

Haut. 0,32.

525 — Grande Canette. Raeren, xvie siècle.

Haut. 0,28.

526 — Canette. Raeren, xvie siècle.

Haut. 0,17.

527 — Cruche en forme de couronne. Raeren, xvie siècle.

Haut. 0,235.

528 — Cruche. Raeren, xvie siècle.

Haut. 0,235.

529 — Cruche. Raeren, 1604.

Haut. 0,30.

530 — Grande Cruche. Raeren. 1607.

Haut. 0,35.

531 — Grande Cruche. Raeren, 1607.

Haut. 0,39.

532 — Cruche. Raeren, 1612.

Haut. 0,20.

533 — Cruche. Raeren, commencement du xviie siècle.

Haut. 0,34.

534 — Canette. Raeren, commencement du xviie siècle.

Haut. 0,23.

535 — Grande Cruche. Raeren, xviie siècle.

Haut. 0,41

536 — Grande Cruche. Raeren, xviie siècle.

Haut. 0,40.

537 — Cruche. Raeren, xviie siècle.

Haut. 0,235.

538 — Cruche. Raeren, xviie siècle.

Haut. 0,19.

539 — Cruche. Raeren, xviie siècle.

Haut. 0,21.

540 — Cruche. Raeren, xviie siècle.

Haut. 0,165.

541 — Cruche. Raeren, xvii° siècle.

Haut. 0,30.

542 — Petite Cruche. Raeren, xvii° siècle.

Haut. 0,19.

543 — Petite Cruche. Raeren, xvii° siècle.

Haut. 0,18.

544 — Canette. Raeren, xvii° siècle.

Haut. 0,25.

545 — Cruche. Nassau, xvii° siècle.

Haut. 0,18

546 — Canette. Nassau, xvii° siècle.

Haut. 0,15

547 — Canette. Nassau, xvii° siècle.

Haut. 0,17

548 — Canette. Nassau, xvii° siècle.

Haut. 0,15.

549 — Cruche. Nassau, xvii° siècle.

Haut. 0,34.

550 — Cruche. Nassau, xvii° siècle.

Haut. 0,33.

551 — Cruche. Nassau, xvii° siècle.

Haut. 0,33.

552 — Cruche. Nassau, xvii° siècle.

Haut. 0,24.

553 — Canette. Nassau, xvii° siècle.

Haut. 0,26.

554 — Cruche. Nassau, xvii° siècle.

Haut. 0,20.

555 — Cruche. Nassau, xviiͤ siècle.

Haut. 0,20.

556 — Grand Broc. Nassau, xviiͤ siècle.

Haut. 0,36.

557 — Petite Cruche. Nassau, xviiͤ siècle.

Haut. 0,17.

558 — Cruche. Nassau, xviiͤ siècle.

Haut. 0,28.

559 — Petite Cruche. Nassau, xviiͤ siècle.

Haut. 0,19.

560 — Petite Cruche. Nassau, xviiͤ siècle.

Haut. 0,165.

561 — Cruche. Nassau, xviiͤ siècle.

Haut. 0,30.

562 — Très petite Cruche. Nassau, xviiͤ siècle.

Haut. 0,125.

563 — Cruche. Nassau, xviiͤ siècle.

Haut. 0,20.

564 — Vase avec couvercle. Nassau, 1676.

Haut. 0,23.

565 — Vase. Nassau (?), xviiiͤ siècle.

Haut. 0,30.

566 — Grosse Cruche. Nassau, xviiiͤ siècle.

Haut. 0,235.

567 — Grande Cruche. Nassau, xviiiͤ siècle.

Haut. 0,40.

568 — Cruche. Nassau, xviiie siècle.

Haut. 0,19.

569 — Vase. Nassau, xviiie siècle.

Haut. 0,15.

570 — Cruche. Nassau, xviiie siècle.

Haut. 0,18.

571 — Cruche. Nassau, xviiie siècle.

Haut. 0,32.

572 — Grande Canette. Nassau, xviiie siècle.

Haut. 0,27.

573 — Canette. Nassau, xviiie siècle.

Haut. 0,15.

574 — Petite Cruche. Nassau, xviiie siècle.

Haut. 0,165.

575 — Cruche. Nassau, xviiie siècle.

Haut. 0,19.

576 — Grande Cruche. Art allemand, xviie siècle.

Haut. 0,41.

577 — Grande Cruche. Art allemand, xviie siècle.

Haut. 0,36.

578 — Cruche. Art allemand, xviie siècle.

Haut. 0,28.

VERRERIES

579 — Lampe de mosquée. Art arabe, xve siècle.

Haut. 0,26.

580 — Aiguière. Venise, fin du xve siècle.

Haut. 0,285.

3*

581 — Grand Verre. Venise, commencement
du xvie siècle.

Haut. o,38.

582 — Coupe basse. Venise, commencement du
xvie siècle.

Diam. o,20.

583 — Flacon à parfum. Venise, xvie siècle.

Haut. o,21.

584 — Grande coupe. Venise, xvie siècle.

Haut. o,23.

585 — Grande Aiguière. Venise, xvie siècle.

Haut. o,36.

586 — Aiguière semblable. Venise, xvie siècle.

Haut. o,37.

587 — Coupe. Venise, xvie siècle.

Haut. o,135.

588 — Coupe. Venise, xvie siècle.

Haut. o,085.

589 — Grand Vase. Venise, xvie siècle.

Haut. o,3o.

590 — Coupe. Venise, xvie siècle.

Haut. o,13.

591 — Verre. Venise, seconde moitié du
xvie siècle.

Haut. o,13.

592 — Grand Plat. Venise, fin du xvie siècle.

Diam. o,48.

593 — Coupe. Venise, fin du xvie siècle.

Haut. 0,115.

594 — Verre à boire. Venise, fin du xvie siècle.

Haut. 0,35.

595 — Bouteille. Venise, fin du xvie siècle.

Haut. 0,45.

596 — Vase. Venise, fin du xvie siècle.

Haut. 0,42.

597 — Gobelet. Venise, fin du xvie siècle.

Haut. 0,35.

598 — Coupe. Venise, fin du xvie siècle.

Haut. 0,06.

599 — Coupe. Venise, fin du xvie siècle.

Haut. 0,17.

600 — Coupe. Venise, fin du xvie siècle.

Haut. 0,095.

601 — Coupe semblable. Venise, fin du xvie siècle.

Haut. 0,10.

602 — Coupe. Venise, fin du xvie siècle.

Haut. 0,09.

603 — Grande Coupe. Venise, fin du xvie ou commencement du xviie siècle.

Haut. 0,19.

604 — Gobelet. Venise, xviie siècle.

Haut. 0,30.

605 — Coupe. Venise, xviie siècle.
Haut. 0,105.

606 — Flambeau. Venise, xviie siècle.
Haut. 0,21.

607 — Grand Gobelet. Venise, xviie siècle.
Haut. 0,35.

608 — Grand Vase. Venise, xviie siècle.
Haut. 0,25.

609 — Bouteille. Venise, xviie siècle.
Haut. 0,36.

610 — Grand Lustre à vingt lumières. Verre
de Venise, xviie siècle.
Haut.

611 — Flambeau. Venise, xviie siècle.
Haut. 0,23.

612 — Gobelet. Allemagne, 1607.
Haut. 0,31.

613 — Bocal. Allemagne, 1608.
Haut. 0,29.

614 — Bocal. Allemagne, 1646.
Haut. 0,22.

615 — Bocal. Allemagne, xviie siècle.
Haut. 0,30.

616 — Bocal. Allemagne, xviie siècle.
Haut. 0,29.

617 — Gobelet. Allemagne, xviie siècle.
Haut. 0,28.

618 — Bocal. Allemagne, xviie siècle.
Haut. 0,29.

VITRAUX

619 — Saint Laurent. Art français, xvᵉ siècle.

Diam. 0,19.

620 — La Vierge et sainte Anne. Art français, xvᵉ siècle.

Diam. 0,16.

621 — Saint Christophe. Art français, fin du xvᵉ siècle.

Diam. 0,20.

622 — Un Saint. Art flamand, commencement xv1ᵉ siècle.

Diam. 0,18.

623 — Un saint Moine. Art français, commencement du xv1ᵉ siècle.

Diam. 0,21.

624 — Saint Étienne. Art français, commencement du xv1ᵉ siècle.

Diam. 0,21.

625 — Saint Georges. Art français, commencement du xv1ᵉ siècle.

Diam. 0,21.

626 — Sainte Marthe. Art français, commencement du xv1ᵉ siècle.

Diam. 0.20.

627 — L'ange Gabriel. Art français, commencement du xv1ᵉ siècle.

Diam. 0.32.

628 — La Vierge de l'Annonciation. Art français, commencement du xvie siècle.

Diam. o,32.

629 — Le Baptême du Christ. Art français, xvie siècle.

Diam. o,22.

630 — Saint Nicolas. Art français, commencement du xvie siècle.

Diam. o,21.

631 — Le Martyre de saint Étienne. Art français, commencement du xvie siècle.

Diam. o,21.

632 — Sainte Barbe. Art français, commencement du xvie siècle.

Diam. o,20.

633 — Le Sacrifice d'Abraham. Art français, commencement du xvie siècle.

Haut. o,32. Larg. o.26.

634 — La Crucifixion. Art français, commencement du xvie siècle.

Haut. o,16. Larg. o,14.

635 — Saint Robert. Art français, commencement du xvie siècle.

Haut. o,16. Larg. o,14.

636 — La Crucifixion. Art français, commencement du xvie siècle.

Diam. o,33.

637 — La Décollation de saint Jean-Baptiste. Art français, commencement du xvie siècle.

Diam. o,21.

638 — L'Arbre de Jessé. Art français, commencement du xvie siècle.

Haut. 0,27. Larg. 0,20.

639 — Le Christ et la Madeleine. Art français,
première moitié du xvie siècle.

Haut. 0,39. Larg. 0,30.

640 — La Pietà. Art français, première moitié
du xvie siècle.

Diam. 0,16.

641 — Un saint Évêque. Art français, première
moitié du xvie siècle.

Diam. 0,21.

642 — Saint Pierre. Art français, xvie siècle.

Diam. 0,19.

643 — Le Retour de l'Enfant prodigue. Art
français, xvie siècle.

Diam. 0,23.

644 — Armoiries. Art français, xvie siècle.

Haut. 0,13. Larg. 0,15.

645 — Armoiries. Art français, xvie siècle.

Haut. 0,13. Larg. 0,15.

646 — Armoiries. Art français, xvie siècle.

Haut. 0,30. Larg. 0,18.

647 — Saint Simon. Art français, xvie siècle.

Diam. 0,20.

648 — Saint Jean l'Évangéliste. Art français,
xvie siècle.

Diam. 0,20.

649 — Les trois Maries se rendant au tombeau du Christ. Art français du xvie siècle.

Haut. 0,39. Larg. 0,28.

650 — Armoiries. Art français, xvie siècle.

Diam. 0,29.

651 — Armoiries. Art français, xvie siècle.

Haut. 0,18. Larg. 0,13.

652 — Saint Georges terrassant le dragon. Art français, xvie siècle.

Diam. 0,21.

653 — Un saint Évêque. Art français, xvie siècle.

Haut. 0,21.

654 — Scène de l'Histoire de Joseph. Art français, xvie siècle.

Haut. 0,16. Larg. 0,17.

655 — Armoiries. Art français, xvie siècle.

Haut. 0,19. Larg. 0,15.

656 — Armoiries. Art français, xvie siècle.

Haut. 0,16. Larg. 0,30.

657 — Saint Jacques le Majeur. Art français, xvie siècle.

Haut. 0,21. Larg. 0,17.

658 — L'Annonciation. Art français, milieu du xvie siècle.

Diam. 0,21.

659 — Sainte Hoilde. Art français, xvie siècle.

Diam. 0,20.

660 — Saint Jean-Baptiste. Art français, xvi^e
siècle.

Diam. 0,20.

661 — Le Pressoir mystique. Art français, xvi^e
siècle.

Diam. 0,21.

662 — Saint François recevant les stigmates.
Art français, xvie siècle.

Diam. 0 21.

663 — La Pietà. Art français, xvie siècle.

Diam. 0,20.

664 — La Charité. Art français, xvie siècle.

Haut. 0,16. Larg. 0,14.

665 — L'Annonciation. Art français, fin du xvi^e
siècle.

Diam. 0,35.

666 — Médaillon. Art français, 1565.

Haut. 0,20. Larg. 0,25.

667 — Médaillon.

Haut. 0,20. Larg. 0,25.

668 — Armoiries. Art suisse, 1575.

Diam. 0,24.

669 — Un Porte-drapeau. Art suisse, xvie siècle.

Haut. 0,34. Larg. 0,22.

670 — Armoiries. Art suisse, xvie siècle.

Haut. 0,75. Larg. 0,55.

671 — Un Porte-drapeau. Art suisse. xvie siècle.

Haut. 0,32. Larg. 0,22.

672-673 — Armoiries. Art suisse, xviie siècle.

Haut. o,65. Larg. o,55.

674 — Armoiries. Art suisse, xviie siècle.

Haut. o,37. Larg. o,34.

675 — Armoiries. Art suisse, xviie siècle.

Haut. o,37. Larg. o,33.

676 — Un Porte-drapeau. Art suisse, xviie siècle.

Haut. o,31. Larg. o,21.

677 — Un Porte-drapeau. Art suisse, xviie siècle.

Haut. o,43. Larg. o,34.

678 — Scène de banquet. Art suisse, xviie siècle.

Haut. o,31. Larg. o,21.

679 — Scène de banquet. Art suisse, xviie siècle.

Haut. o,32. Larg. o,21.

680 — Armoiries. Art suisse, xviie siècle.

Haut. o,42. Larg. o,32.

681 — Un Bourgeois et sa Femme. Art suisse, xviie siècle.

Haut. o,31. Larg. o,20.

682 — Un Arquebusier. Art suisse, 1669.

Haut. o,32. Larg. o,21.

683 — Hans Seganssler et sa femme. Art suisse, 1665.

Haut. o,31. Larg. o,20.

684 — Vieillards. Art suisse, xviie siècle. Deux médaillons.

Diam. o,14.

685 — Armoiries. Art suisse, xviie siècle.

Haut. 0,47. Larg. 0,35.

686 — Armoiries. Art suisse, xviie siècle.

Diam. 0,14.

687 — Armoiries. Art suisse, xviie siècle.

Diam. 0,14.

688 — Armoiries. Art suisse, xviie siècle.

Diam. 0,13.

689 — Armoiries. Art suisse, xviie siècle.

Diam. 0,14.

690 — Armoiries. Art suisse, xviie siècle.

Haut. 0,31. Larg. 0,23.

691 — Armoiries. Art suisse, xviie siècle.

Haut. 0,45. Larg. 0,35.

692 — Saint Michel. Art suisse, xviie siècle.

Haut. 0,26. Larg. 0,16.

693 — Armoiries. Art suisse, xviie siècle.

Haut. 0,26. Larg. 0,16.

694 — Armoiries. Art suisse, xviie siècle.

Haut. 0,26. Larg. 0,16.

695 — Armoiries. Art suisse, xviie siècle.

Haut. 0,19. Larg. 0,13.

696 — Armoiries. Art suisse, xviie siècle.

Grand diam. 0,22.

697 — Armoiries. Art suisse, xviie siècle.

> Haut. 0,28. Larg. 0,18.

698 — Armoiries. Art suisse, xviie siècle.

> Haut. 0,28. Larg. 0,18.

699 — Armoiries. Art allemand, 1587.

> Diam. 0,20.

700 — Crucifixion. Art allemand, xviie siècle.

> Diam. 0,34.

701 — Personnages dépeçant un bœuf. Art allemand, xvie siècle.

> Haut. 0,27. Larg. 0,21.

702 — Scène pastorale. Art allemand, xvie siècle.

> Haut. 0,27. Larg. 0,21.

703 — Scène de l'histoire de Tobie. Art allemand, xvie siècle.

> Haut. 0,26. Larg. 0,20.

704 — Scène de l'histoire de Tobie. Art allemand, xvie siècle.

> Haut. 0,27. Larg. 0,20.

705 — Armoiries. Art allemand, xvie siècle.

> Diam. 0,15.

706 — Un Pénitent. Art allemand, xviie siècle.

> Grand diam. 0,22.

707 — Scène pastorale. Art allemand, xviie siècle.

> Grand diam. 0,22.

708 — Noé faisant entrer les animaux dans l'Arche. Art allemand, XVIIe siècle.

Diam. 0,125.

709 — Un Château. Art allemand, XVIIe siècle.

Diam. 0,135.

710 — Une Scène de banquet. Art allemand, XVIIe siècle.

Diam. 0,14.

711 — Judith. Art allemand, XVIIe siècle.

Diam. 0,12.

712 — L'Annonciation. Art allemand, XVIIe siècle.

Haut. 0,18. Larg. 0,13.

713 — Le Christ au Jardin des Oliviers. Art allemand, XVIIe siècle.

Haut. 0,175. Larg. 0,14.

714 — Le Portement de la Croix. Art allemand, XVIIe siècle.

Haut. 0,175. Larg. 0,14.

715 — L'Annonciation. Art allemand, XVIIe siècle.

Diam. 0,34.

716 — Armoiries. Art allemand, 1607.

Haut. 0,18. Larg. 0,13.

717 — Armoiries. Art allemand, XVIIe siècle.

Haut. 0,30. Larg. 0,23.

718 — Armoiries. Art allemand, XVIIe siècle.

Diam. 0,20.

719 — Armoiries. Art allemand, xvııe siècle.

Diam. 0,24.

720 — Armoiries. Art allemand, xvııe siècle.

Grand diam. 0,20.

721 — Armoiries. Art allemand, xvııe siècle.

Grand diam. 0,20.

722 — Armoiries. Art allemand, xvııe siècle.

Diam. 0,13.

723 — Armciries. Art allemand, xvııe siècle.

Diam. 0,14.

724 — Armoiries. Art allemand, xvııe siècle.

Diam. 0,14.

725 — Armoires. Art allemand, xvııe siècle.

Diam. 0,13.

726 — Armoiries. Art allemand, xvııe siècle.

Diam. 0,14.

727 — Armoiries. Art allemand, xvııe siècle.

Diam. 0,14.

728 — Armoiries. Art allemand, xvııe siècle.

Grand diam. 0,17.

729 — Armoiries. Art allemand, xvııe siècle.

Grand diam. 0,17.

730 — Armoiries. Art allemand, xvııe siècle.

Diam. 0,115.

731 — Armoiries. Art allemand, xviie siècle.

Diam. 0,14.

732 — Armoiries. Art allemand, xviie siècle.

Haut. 0,17. Larg. 0,13.

733 — Armoiries. Art allemand, xviie siècle.

Diam. 0,13.

734 — Armoiries. Art allemand, xviie siècle.

Diam. 0,14.

735 — Armoiries. Art allemand, xviie siècle.

Diam. 0,14.

736 — Armoiries. Art allemand, xviie siècle.

Diam. 0,13.

737 — Armoiries. Art allemand, xviie siècle.

Diam. 0,14.

738 — Armoiries. Art allemand, xviie siècle.

Diam. 0,16.

739 — Armoiries. Art allemand, xviie siècle.

Diam 0,13.

740 — Armoiries. Art allemand, xviie siècle.

Haut. 0,18. Larg. 0,125.

741 — Armoiries. Art allemand, xviie siècle.

Diam. 0,14.

742 — Armoiries. Art allemand, xviie siècle.

Haut. 0,17. Larg. 0,135.

743 — Armoiries. Art allemand, xvıı^e siècle.

Diam. 0,14.

744 — Armoiries. Art allemand, xvıı^e siècle.

Diam. 0,14.

745 — Armoiries. Art allemand, xvıı^e siècle.

Diam. 0,14.

746 — Armoiries. Art allemand, xvıı^e siècle.

Diam. 0,14.

747 — Armoiries. Art allemand, xvııı^e siècle.

Diam. 0,14.

748 — Armoiries. Art allemand, xvııı^e siècle.

Haut. 0,30. Larg. 0,22.

749 — Un Ange. Art hollandais, xvıı^e siècle.

Haut. 0,26. Larg. 0,20.

750 — La Parabole des aveugles. Art hollandais, xvıı^e siècle.

Haut. 0,24. Larg. 0,18.

751 — Inscription. Art hollandais, xvıı^e siècle.

Diam. 0,15.

752 — Une Jeune Dame. Art hollandais,
xvıı^e siècle.

Diam. 0,14.

753 — Jeux d'enfants. Art hollandais, xvıı^e
siècle.

Diam. 0,14.

754 — Armoiries. Art hollandais, xvıı^e siècle.

Grand diam. 0,22.

755 — Armoiries. Art hollandais, xvii⁰ siècle.

Grand diam. 0,22.

756 — Armoiries. Art hollandais, xviie siècle.

Grand diam. 0,22.

757 — Armoiries. Art hollandais, xviie siècle.

Haut. 0,18. Larg. 0,14.

758 — Armoiries. Art hollandais, xviie siècle.

Haut. 0,25. Larg. 0,15.

759 — Armoiries. Art hollandais, xviie siècle.

Haut. 0,18. Larg. 0,145.

760 — Armoiries. Art hollandais, xviie siècle.

Diam. 0,16.

TAPISSERIES, TAPIS

761 — Les Vendanges. Art flamand, fin du xve siècle.

Tapisserie.

Haut. 3,05. Larg. 3,30.

762 — Le Christ et la Madeleine. Art flamand, fin du xve siècle.

Tapisserie de laine et de soie tissée d'or.

Haut. 2,45. Larg. 2,00.

763 — Le Calvaire. Art flamand, fin du xve siècle.

Tapisserie.

Haut. 0,75. Larg. 1,75.

4

764 — Scène pastorale. Art flamand, fin du
xve siècle.
Tapisserie.
Haut. 2,85. Larg. 4,50.

765 — Scène de la vie de sainte Ursule. Art
flamand, fin du xve siècle.
Tapisserie.
Haut. 0,92. Larg. 1,42.

766 — Scène de la vie de sainte Ursule. Art
allemand, fin du xve siècle.
Tapisserie.
Haut. 0,91. Larg. 1,35.

767 — Verdure. Art flamand, fin du xve siècle
ou commencement du xvie.
Tapisserie.
Haut. 2,10. Larg. 2,80.

768 — Verdure. Art flamand, fin du xve siècle
ou commencement du xvie.
Tapisserie.
Haut. 1,85. Larg. 2,30.

769 — Verdure. Art français, fin du xve siècle.
Tapisserie.
Haut. 1,00. Larg. 1,15.

770 — Verdure. Art flamand, fin du xve siècle.
Tapisserie.
Haut. 0,92. Larg. 2,20.

771 — Verdure. Art flamand, commencement
du xvie siècle.
Tapisserie.
Haut. 1,27. Larg. 1,65.

772 — Panneau semblable.

Haut. 1,27. Larg. 1,65.

773 — Verdure. Art flamand, commencement du xviᵉ siècle.

Tapisserie.

Haut. 1,00. Larg. 1,10.

774 — Verdure. Pièce de la même série.

Haut. 1,00. Larg. 6,00.

775 — Verdure. Pièce de la même série.

Haut 1,00. Larg. 4,50.

776 — Verdure. Pièce de la même série.

Haut. 1,00. Larg. 4,50.

777 — Verdure. Pièce de la même série.

Haut. 1,00. Larg. 2,80.

778 — Scène de fiançailles. Art flamand, commencement du xviᵉ siècle.

Bordure moderne ornée de fleurs et de feuillages.
Tapisserie.

Haut. 2.20. Larg. 3,00.

779 — Scène de Tournoi. Art flamand, commencement du xviᵉ siècle.

Bordure moderne décorée de feuillages et de fleurs.
Tapisserie.

Haut. 2,80. Larg. 1,65.

780 — Un Concert. Art flamand, commencement du xviᵉ siècle.

Bordure moderne placée au haut et au bas de la pièce et décorée de feuillages et de fleurs.
Tapisserie.

Haut. 2,85. Larg. 1,80.

781 — Un Miracle de saint Martin (?). Art flamand, commencement du XVIe siècle.

Bordure moderne à fond bleu décorée de feuillages et de fleurs.

Tapisserie.

Haut. 2,20. Larg. 2.50.

782 — La Vierge, saint Julien et sainte Catherine d'Alexandrie. Art français, commencement du XVIe siècle.

Tapisserie.

Haut. 1,42. Larg. 2,40.

783 — Panneau. Art flamand, première moitié du XVIe siècle.

Tapisserie.

Haut. 3,30. Larg. 0,83.

784 — Panneau. Art flamand, première moitié du XVIe siècle.

Tapisserie.

Haut. 3,30. Larg. 0,98.

785 — Bordure. Art flamand, deuxième moitié du XVIe siècle.

Tapisserie.

Haut. 0,58. Larg. 1,15.

786 — Bordure. Art flamand, deuxième moitié du XVIe siècle.

Tapisserie.

Haut. 0,58. Larg. 1,10.

787 — Bordure. Art flamand, deuxième moitié du XVIe siècle.

Tapisserie.

Haut. 2,55. Larg. 0,40.

788 — Bandeau. Art flamand, xvi⁰ siècle.

Tapisserie.

Haut. 0,40. Larg. 3,00.

789 — Grande Verdure. Art flamand, xvi⁰ siècle.

Tapisserie.

Haut. 2,35. Larg. 5,50.

790 — Grande Verdure. Art flamand, xvi⁰ siècle.

Tapisserie.

Haut. 2,35. Larg. 4,80.

791 — Verdure. Art flamand, xvi⁰ siècle.

Tapisserie.

Haut. 2,75. Larg. 2,20.

792 — Diane chasseresse. Art flamand, seconde
moitié du xvi⁰ siècle.

Tapisserie.

Haut. 2,57. Larg. 1,10.

793 — Un Tournoi. Art flamand, seconde
moitié du xvi⁰ siècle.

Tapisserie.

Haut. 3,30. Larg. 3,80.

794 — Noë sacrifiant en sortant de l'arche sur
le mont Ararat. Art flamand. Bruxelles,
seconde moitié du xvi⁰ siècle.

Tapisserie.

Haut. 3,30. Larg. 2,80.

795 à 798 — Panneaux (Cinq). Art flamand,
xvi⁰ siècle.

Tapisserie.

Haut. 2,30. Larg. 2,40.

799-800 — Coussins (Deux). Art flamand, fin
du XVIᵉ siècle.

Tapisserie.

Larg. 0,52. Long. 0,46.

801 — Abigaïl. Art flamand. Bruxelles, XVIᵉ
siècle.

Tapisserie.

Haut. 3,40. Larg. 4,30.

802 — Grande Verdure. Art flamand, XVIᵉ siècle.

Tapisserie.

Haut. 3,00. Larg. 3,25.

803 — Personnages. Art flamand, commencement du XVIᵉ siècle.

Fragment d'une grande composition.

Tapisserie.

Haut. 2,80. Larg. 1,45.

804 — Un Apôtre. Art allemand, XVIᵉ siècle.

Broderie.

Haut. 0,72. Larg. 0,29.

805 — Un Apôtre. Art allemand, XVIᵉ siècle.

Broderie.

Haut. 0,72. Larg. 0,29.

806 — Seigneur et dame. Art français, seconde
moitié du XVIᵉ siècle.

Broderie de soie au petit point.

Haut. 0,56. Long. 0,72.

807 — Scène de l'histoire de Joseph. Art français, fin du XVIᵉ siècle.

Broderie au petit point.

Haut. 0,31. Larg. 3,35.

808 — Tapis de table. Art italien, xviie siècle.

Larg. 1,50. Long. 1,05.

809 — Lambrequin de cheminée. Art italien, xviie siècle.

Haut. 0,42. Larg. 2,20.

810 — Lambrequin de cheminée. Art espagnol, xvie siècle.

Broderie d'or et de soie exécutée en partie au point de chaînette.

Haut. 0,40. Larg. 2,40.

811 — Bordure d'une nappe. Art vénitien, xviie siècle.

Hauteur de la broderie 0,32. Long. 2,50.

812 à 828 — Tapis (Plusieurs). Art oriental.

CUIVRES, FERS, ÉTAINS

829 — Aiguière. Art flamand, xve siècle.

Haut. 0,27.

830-831 — Flambeaux (Deux). Art flamand, xve siècle.

Laiton.

Haut. 0,38.

832-833 — Bras de lumière (Deux). Art flamand, xve siècle.

Haut. 0,30. Larg. 0,33.

834-835 — Appliques (Deux). Art flamand, xve siècle.

Cuivre jaune.

Haut. 0,27.

836 — Flambeau. Art français, fin du xvᶜ ou commencement du xvıᵉ siècle.

Fer forgé.

Haut. o,31.

837 — Grand Bassin. Flandres, xvᵉ siècle.

Cuivre battu et repoussé.

Diam. o,59.

838 — Plat. Art flamand, commencement du xvᵉ siècle.

Laiton.

Diam. o,34.

839 — Plat. Art flamand, commencement du xvıᵉ siècle.

Diam. o,42.

840 — Bassin d'Aiguière. Art allemand, xvᵉ siècle.

Cuivre jaune repoussé et estampé.

Diam. o,49.

841-842 — Chenets (Paire de). Art français, xvᵉ siècle.

Fonte de fer.

Haut. o,67.

843-844 — Chenets (Paire de). Art français, xvᵉ siècle.

Fonte de fer.

Haut. o,89.

845 — Flambeau d'église. Art français, xvıᵉ siècle.

Fer forgé.

Haut. o,17.

846 — Flambeau. Art français, commencement du xvie siècle.

Laiton.

Haut. 0,30.

847 — Flambeau. Art français, époque Henri II.

Haut. 0,29.

848 — Grand Lampadaire. Art italien, xvie siècle.

Fer forgé et estampé en partie doré.

Haut. 1,72.

849 — Porte-manteau de sacristie. Art espagnol, xvie siècle.

Haut. 0,16. Larg. 2,37.

850 — Grand plat. Venise, xvie siècle.
Cuivre jaune.

Diam. 0,45.

851 — Grand Plat. Venise, xvie siècle.

Diam. 0,49.

852 — Grande Balance, dite romaine. Art français, xve siècle.

Long. 0,88. Haut. 0,84.

853 — Balance, dite romaine. Art français, xvie siècle.

Fer forgé.

Larg. 0,26. Haut. 0,31.

854 — Plateaux (Deux). Art italien, seconde moitié du xvie siècle.

Diam. 0,46.

855 — Grille. Art français, xvie siècle.

Fer forgé.

Haut. 0,60. Larg. 1,05.

4*

856 à 858 — Trois Panneaux de fer forgé.
France, xvi° siècle.

Haut.

859 — Crémaillère, France, xvi° siècle.

Fer forgé.

Larg. 1 m. Haut. 2 m.

860 — Aiguière. Art italien, xvi° siècle.

Haut. 0,47.

861 — Aiguière. Art italien, xvi° siècle.

Haut. 0,215

862 — Aiguière. Art italien, fin du xvi° siècle.

Haut. 0,32.

863 — Vasque. Art italien, xvi° siècle.

Haut. 0,22. Diam. 0,47.

864-865 — Vases (Deux) semblables. Art italien,
Venise, fin du xvi° siècle.

Haut. 0,39.

866 — Grande Lampe. Art flamand, fin du xvi°
siècle.

Haut. 0,93.

867 — Grand Brasero. Art italien, Venise, xvi°
siècle.

Haut. 0,57. Diam. 0,63.

868 — Sonnette d'église. Art flamand, xvi° siècle.

Haut. 0,14.

869-870 — Flambeaux (Deux) semblables. Art
flamand, xvi° siècle.

Laiton.

Haut. 0,43.

871 — Gril. France, xvie siècle.

Fer forgé.

Long. 0,074. Larg. 0,35.

872-873 — Flambeaux (Paire de). Art espagnol, fin du xvie siècle.

Fer forgé.

Haut. 0,45.

874-875 — Chenets (Paire de). Fin du xvie siècle.

Haut. 1,38.

876 — Contre-cœur. Art allemand, 1567.

Haut. 0,61. Larg. 0,72.

877-878 — Chenets (Paire de). Art français, xvie siècle.

Haut. 1,02.

879 — Étouffoir, xviie siècle.

Cuivre battu et repoussé.

Haut. 0,37. Larg. 0,60.

880 — Râtelier. France, xvie siècle.

Haut. totale, 0,35.

881 — Contre-cœur. Art flamand, xviie siècle.

Fonte de fer.

Haut. 0,95. Larg. 0,90.

882 — Contre-cœur. Art français, époque de Louis XIV.

Fonte de fer.

Haut. 0,98. Larg. 0,87.

883 — Contre-cœur. Art français, xviie siècle.

Haut. 1,20. Larg. 1,28.

884 — Grille de foyer. Fer forgé, xviie siècle.

Haut. 0,44. Long. 2,32.

885-886 — Chenets.

Haut. 0,94.

887 — Lanterne. Art flamand, xviie siècle.

Haut. 0,64,

888 — Lanterne. Art flamand, xviie siècle.

Haut. 0,66.

889 — Plat. Art flamand, xviie siècle.

Diam. 0,41.

890 — Grande Aiguière. Art italien, xviie siècle.

Haut. 0,55.

891 — Vase. Art italien, xviie siècle.

Haut. 0,25.

892 — Grand Vase. Art italien, xviie siècle.

Haut. 0,56.

893 — Vasques (Deux). Art italien, xviie siècle.

Haut. 0,18. Diam. 0,37.

894 — Coupe. Art italien, Venise, xviie siècle.

Haut. 0,21. Diam. 0,33.

895 — Lampe d'église. Art flamand, xviie siècle.

Laiton.

Haut. 1,40

896 — Trépied. Art italien, xviie siècle.

Fer forgé en partie doré.

Haut. 0,96. Larg. 0,52.

897 — Boîte à sel. Flandres, xviiᵉ siècle.

Cuivre battu et repoussé.

Haut. 0,25.

898 — Bras de lumière (Trois). Art italien, xviiᵉ siècle.

Fer forgé en partie doré.

Haut. 0,90.

899 — Lanterne. Art allemand, xviiᵉ siècle.

Fer forgé.

Haut. 0,45.

900-901 — Lampadaires (Deux grands), xviiᵉ siècle.

Fer forgé.

Haut. 2,20.

902 — Grande Aiguière. Art italien, xviiᵉ siècle.

Haut. 0,58.

903 — Grande Fontaine. Art italien, xviiᵉ siècle.

Haut. 1 m. Diam. 0,55.

904 — Grande Vasque. Art vénitien, xviiᵉ siècle.

Haut. 0,35. Larg. 0,90.

905-906 — Vasques semblables (Quatre). Art vénitien, xviiᵉ siècle.

Haut. 0,32. Diam. 0,46.

907-908 — Seaux (Deux). Art vénitien, xviiᵉ siècle.

Haut. 0,25. Diam. 0,28.

909 — Seau. Venise, xviiᵉ siècle.

Cuivre battu et repoussé.

Diam. 0,31. Haut. 0,31.

910 — Bouilloire. Art flamand, xvie siècle.

Haut. 0,2".

911 — Cantine. Art français, époque Louis XIV.

Haut. 0,42. Diam. 0,32.

912 — Gril. France, xviie siècle.
Fer forgé.

Long. 0,60. Diam. 0,28.

913 — Bassinoire. Art français, xvie siècle.
Cuivre rouge.

Diam. 0,32.

914 — Lampe. France, xviiie siècle.
Fer forgé.

Haut. 0,47.

915 — Fontaine. Allemagne, xviiie siècle.
Étain fondu et gravé.

Haut. 0,62.

916 — Canette. Allemagne, xviiie siècle.
Étain.

Haut. 0,35.

917 — Canette. Allemagne, xviiie siècle.
Étain.

Haut. 0,32.

918 — Fourchette de fer. France, 1757.

Long. 0,55.

919 — Bassinoire. Art flamand, xviiie siècle.
Cuivre jaune.

Diam. 0,31.

PORCELAINES DE CHINE & DU JAPON

920 — Vase. Porcelaine de Chine, xviiie siècle.

Haut. 0,27.

921 — Grand Plat circulaire. Porcelaine du Japon, xviiie siècle.

Diam. 0,55.

922 — Grand Cornet. Japon, xviiie siècle.

Haut. 0,47.

923 — Grand Plat circulaire. Porcelaine du Japon, xviiie siècle.

Diam. 0,55.

924 — Grand Plat. Japon, xviiie siècle.

Diam. 0,56.

925 — Grand Plat circulaire. Japon, xviiie siècle.

Diam. 0,55.

926 — Cornets (Paire de). Japon, xviiie siècle.

Haut. 0,38

927-928 — Vases (Deux). Japon, xviiie siècle.

Haut. 0,195.

929 — Potiche. Japon, xviiie siècle.

Haut. 0,56.

DIVERS

930 — Horloge. Art allemand, xviie siècle.

Haut. 0,85. Larg. 0,27.

931 — Horloge. Art italien, 1522.

Haut. 0,62. Larg. 0,67.

932-933 — Tentures de cuir de Cordoue, xviie siècle.

TABLEAUX ANCIENS
Portraits des XVᶜ & XVIᶜ siècles

ALLORI (Attribué à Christophe)

934 — *Portrait d'une princesse.*

Toile. Haut. 1 m. 65. Larg. 1 m. 25.

CLOUET (École de)

935 — *Le roi Henri II.*

Panneau. Haut. 0,30. Larg. 0,22.

COELLO (Sanchez)

936 — *Portrait d'une dame.*

Toile. Haut. 0,65. Larg. 0 55.

HOLBEIN (Attribué à)

937 — *Portrait d'homme.*

Panneau. Haut. 0,36. Larg. 0,25.

MALTAIS (Le Chevalier)
(PENDANT DU SUIVANT)

938 — *Nature morte.*

Panneau. Haut. 1 m. 31. Larg. 1 m. 82.

MALTAIS (Le Chevalier)

(pendant du précédent)

939 — *Nature morte.*

Toile. Haut. 1 m. 31. Larg. 1 m. 82.

MALTAIS (Le Chevalier)

940 — *Nature morte.*

Toile. Haut. 0,72. Larg. 0,26.

MURILLO (Barthélemy Esteban)

941 — *Saint Antoine de Padoue.*

Toile. Haut. 1 m. 60. Larg., 1 m. 10.

PORBUS (Attribué à François)

942 — *Portrait d'une princesse.*

Toile. Haut. 1 m. 60. Larg. 1 m. 20.

PORBUS (Attribué à François)

943 — *Portrait de la reine Marie de Médicis.*

Toile. Haut. 0,65. Larg. 0,55.

PORBUS (Attribué à François)

944 — *Portrait d'Henri IV.*

Toile. Haut. 0,70. Larg. 0,60.

VÉRONÈSE (D'après Paul)

945 — *La Toilette d'un chien.*

> Toile. Haut. 1 m. 30. Larg., 1 m. 90.

ÉCOLE ALLEMANDE (xvie siècle)

946 — *Portrait d'une dame.*

> Panneau. Haut. 0,40. Larg. 0,28.

ÉCOLE ESPAGNOLE (xve siècle)

947 — *Saint Julien.*

> Panneau. Haut. 1 m. 65. Larg. 0,75.

ÉCOLE FLAMANDE (xve siècle)

948 — *La Cruxifixion.*

> Panneau. Haut. 0,86. Larg. 0,83.

ÉCOLE FLAMANDE (xve siècle)

949 — *Sainte Hélène découvrant les instruments de la Passion.*

> Panneau. Haut. 0.88. Larg. 0,82.

ÉCOLE FLAMANDE (xvie siècle)

950 — *Portrait de femme.*

> Panneau. Haut. 0,33. Larg. 0,24.

ÉCOLE FLAMANDE (xvie siècle)

(PENDANT DU SUIVANT)

951 — *Portrait d'homme.*

Panneau. Haut. 0,40. Larg. 0,25.

ÉCOLE FLAMANDE (xvie siècle)

(PENDANT DU PRÉCÉDENT)

952 — *Portrait de femme.*

Panneau de chêne. Haut. 0,40. Larg. 0,26.

ÉCOLE FLAMANDE (Fin du xvie siècle)

953 — *Philippe d'Alsace, fils de Thierry d'Alsace.*

Haut. 2 m. 20 environ.

ÉCOLE FLAMANDE (Fin du xvie siècle)

954 — *Thierry d'Alsace.*

Haut. 2 m. 20 environ.

ÉCOLE FLAMANDE (Fin du xvie siècle)

955 — *Baudouin Bras-de-Fer, comte de Flandre.*

Haut., 2 m. 20 environ.

ÉCOLE FLAMANDE (Fin du xvie siècle)

956 — *Baudouin Belle-Barbe.*

Haut. 2 m. 20 environ.

ÉCOLE FLAMANDE (Fin du xvie siècle)

957 — *Baudouin la Hache.*

Haut. 2 m. 20 environ.

ÉCOLE FLAMANDE (Fin du xvie siècle)

958 — *Baudouin, empereur de Constantinople.*

Haut. 2 m. 20 environ.

ÉCOLE FLAMANDE (Fin du xvie siècle)

959 — *Louis de Male.*

Haut. 2 m. 20 environ.

ÉCOLE FLAMANDE (Fin du xvie siècle)

960 — *Charles le Téméraire.*

Haut. 2 m. 20 environ.

ÉCOLE DE FONTAINEBLEAU (xvie siècle)

961 — *Flore.*

Panneau. Haut. 0,87. Larg. 0,72.

ÉCOLE FRANÇAISE (Milieu du xvie siècle)

962 — *Portrait de femme.*

Toile. Haut. 0,22. Larg. 0,16.

ÉCOLE HOLLANDAISE (Fin du xvie siècle)

963 — *Portrait de femme.*

Panneau. Haut. 1 m. 11. Larg. 0,90.

ÉCOLE ITALIENNE (xve siècle)

964 — *Saint Ambroise et saint Grégoire, pères de l'Église.*

Haut. 1 m. 5o. Larg. 1 m. 3o.

ÉCOLE ITALIENNE (xve siècle)

(PENDANT DU PRÉCÉDENT)

965 — *Saint Jérôme et saint Augustin, pères de l'Église.*

Haut. 1 m. 5o. Larg. 1 m. 3o.

ÉCOLE ITALIENNE (Fin du xvie siècle)

966 — *Portrait de Bartolomeo Sale.*

Haut. 1 m. 5o. Larg. 1 m. 1o.

ÉCOLE ITALIENNE (xvie siècle)

967 — *Portrait d'homme.*

Toile. Haut. 1 m. 3o. Larg, 1 m.

48. R 52   54   55   56   57.   58
8   8   8   30   30   91   93

59.   60.   64 R   66 R 70 R 73.   76. R
8   34 u u 12   6   3

105   106   107.   108.
5   5   5   5

73

Watermans fountain

9 782329 452364